Das Sternenmalbuch
Anna-Maria Ziegler

Dieses Malbuch gehört:

_____

© 2023 Anna-Maria Ziegler
anna-m.z@gmx.de

Illustriert von: Anna-Maria Ziegler
Coverdesign von: Anna-Maria Ziegler

ISBN Softcover: 978-3-384-07194-1

Druck und Distribution im Auftrag der Autorin:
tredition GmbH, Heinz-Beusen-Stieg 5, 22926 Ahrensburg, Deutschland

Dieses Malbuch beinhaltet Malbilder aus den folgenden Werken der Autorin:

„Echard der Sternendrache"

„Christmette – das Sternenmädchen"

Außerdem Malbilder, die auf Wunsch von Kindern entstanden sind.

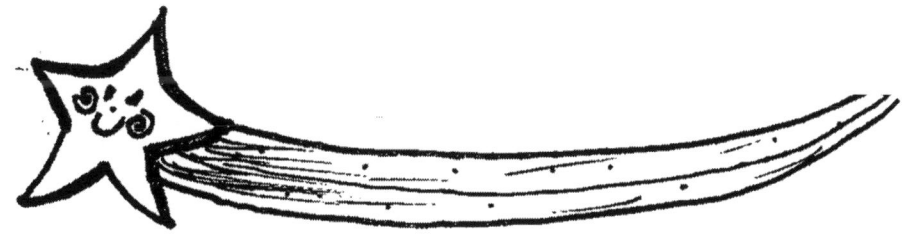

Sternen Mabbuth

Anna-Maria Ziegler

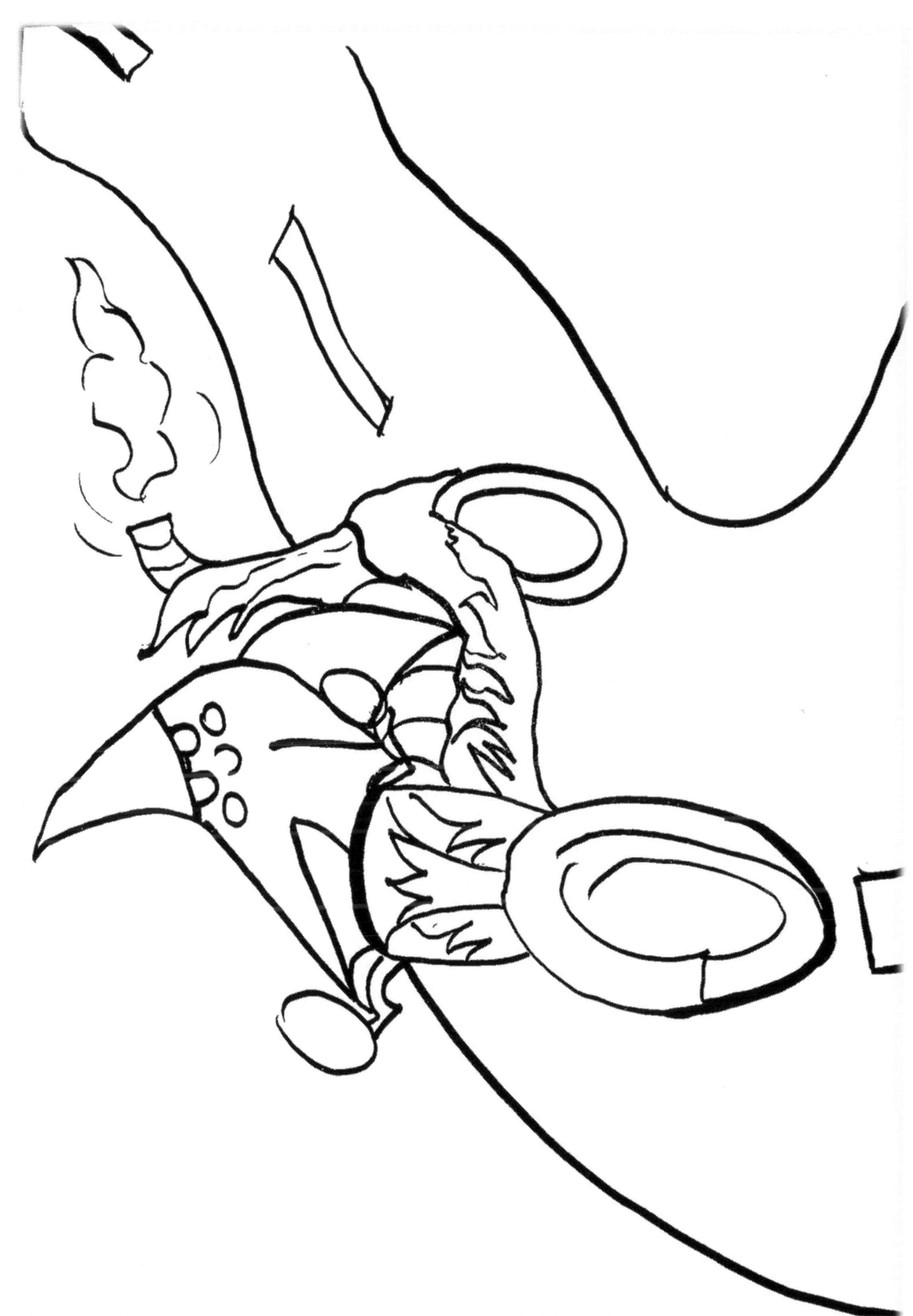

Gestalte deinen Stern!

Finde dein chinesisches Sternzeichen! (Geburtsjahr)
(und vielleicht auch das deiner Eltern, Großeltern …)

Ratte

2020, 2008, 1996

1984, 1972, 1960

Büffel

2021, 2009, 1997

1985, 1973, 1961

Tiger

2022, 2010, 1998

1986, 1974, 1962

Hase

2023, 2011, 1999

1987, 1975, 1963

Drache

2024, 2012, 2000

1988, 1976, 1964

Schlange

2025, 2013, 2001

1989, 1977, 1965

Pferd

2026, 2014, 2002

1990, 1978, 1966

Ziege

2027, 2015, 2003

1991, 1979, 1967

Affe

2028, 2016, 2004

1992, 1980, 1968

Hahn

2029, 2017, 2005

1993, 1981, 1969

Hund

2030, 2018, 2006

1994, 1982, 1970

Schwein

2031, 2019, 2007

1995, 1983, 1971

Dankes

An alle Kinder, die mich auf meiner Reise zur Erzieherin begleitet haben.

Danke an alle Kinder, die mich auch jetzt noch als Erzieherin inspirieren und zum Lächeln bringen.

Danke an alle Sterne, die mir das Licht im Leben gezeigt haben.

Dieses Malbuch ist für euch.

Und damit: Frohe Weihnachten! oder wie das Sternenmädchen Christmette sagen würde:

„Frohes Sternenfest!"

★ ★ ★

FSC
www.fsc.org
MIX
Papier | Fördert
gute Waldnutzung
FSC® C083411

Zeitfracht Medien GmbH
Ferdinand-Jühlke-Straße 7
99095 Erfurt, Deutschland
produktsicherheit@kolibri360.de